KB026706

빈 나무 밑을 지나가다

국립중앙도서관 출판시도서목록(CIP)

빈 나무 밑을 지나가다 / 김강태 지음. ― 서울 : 문학동네, 2003
    p. ;   cm. ― (문학동네 시집 ; 73)
ISBN 89-8281-765-4 02810 : ₩5000

811.6-KDC4
895.715-DDC21   CIP2003001496

빈 나무 밑을 지나가다

김 강 태   시 집

문학동네

차례

1부

2부

3부

1부

지금 이곳에선
—수련이 있는 물

지금 여기서부터는
말소릴 조심하십시오
저 수련 밑
고요한 물이
흔들릴지도 모르니까요

은방울나무

맑은 겨울비 가늘게 그친 아침
조금 추워 떠는 은방울나무
순은도 떨림이 있을까
아슬히 가느단 물방울
금방 터질 듯한 물빛 동그라미,
신(神)은 '나무 물방울' 에도
어느새 가지마다 앉아 계신 걸까
잎새에 달려
자잘히 망설이는 방울들
간밤 그곳에서
고단한 잿빛 틈을 열고 내린 그분의
야행 흔적을 보았네
비밀스런 떨림이 주는 이 기쁨
잔잔히 흔들리던 은분(銀粉)이
'가지 물방울' 로 가늘게 맺히던 아침,
여린 빛이 은으로 총총히 내린
겨울 빈 나무 밑을 지나가다

밤 빗소리, 잔디에 젖다

지금 잔디가 이명(耳鳴) 앓나보다
소낙비에 간지러 못 견뎌하던
숱한 포기들이 그예 까무러치고 있다
눕는 것들은 모두
순간의 빛을 신음처럼 뿌려댄다
저 신음 빛!
잔디가 빗물과 살림을 차리나보다
고요의 빛 사이로 터져나오는 소리,
뜻 모를 암구호로 빈틈을 메꾼다
어둠의 보이잖는 곳곳에는
시한을 알리는 폭음이 숨었는지
지금 전혀 모르는 누군가가
그늘 잔디를 몰래 다녀가고 있다

소리혼

소리에도 혀가 있다
소리에도 감촉이 있다
하다 만 몸짓의 혼,
소리의 잔흔일 게다
때로는 그것이
징징징 우는 빛일 때가 있다
은밀 비밀
서로의 몸을 닦으며
울음 몰래 날던 소리혼
어둠의 등뼈를 갈라
비늘처럼 남몰래 튕겨나곤 한다

어느 달빛 사이
흰 가슴을 내보이는 어둠에
귀 기울여보라
소리의 혼이 종종 일어나고 있다
마치
흠집 난 빗방울만 등빛에 영롱하듯
내 귀의 달팽이관을 긁으며
소리가 총총총

발자욱을 끌고 간다

소리의,
소리혼의 끝은 천 길 어둠이다

金宗三 모자

늦가을 안성 시골 장터길에서
모자 하나가 눈에 띄었다
어디서 본 듯한, 짙푸른 산모자
불콰한 술빛 얼굴이 어룽어룽
달구지 판매대 뿔집게에 달랑,
왠지 어디서 본 듯한
그래그래, 시인 김종삼 모자
술 익은 얼굴을 푸욱 가린 산모자
언제 여기 와 계시나
모자는 왜 몸 벗어버렸나
세상 연자락이 뭐 그리 많다고
촌로 달구지에 그냥 걸리셨나
삐걱대는 좌판에 모로 누운 김종삼
그리 서러워 예서 머뭇거리시나
좋은 친구 만나러 죽산 가는 길
고추볕 그늘서 기다리는 버스,
저만큼 털털털 달려오는
사천원짜리 그리움 하나
자아, 산모자가 사천원
김종삼이 사천원!

통

너를 만지면 통
세워도 통, 굴려도 통
옆으로 뉘어도
들여다봐도 통,

너는 소리다
볼 수 있는 소리다
말끔히 씻어 안을 비우는 너
소리로 죽어
소리로 태어나는 너

비어 있음 안에서
울음이 본디의 소릴 켜낸다
한참이나
너의 맨몸을 찝쩍대던 소리
살갑게 낯을 벗긴다,
한 겹 홍조를

작은 통 속엔 항상
살짝 젖은 부끄럼이 묻어 있다

귀지를 흘리며
—병상일지

침상에 눕는데
무언가 허연 게 떨어진다
귀를 간질이던 귀지
귀이개를 찾다가 찾다가
손톱으로 긁어낸다
톡톡, 사악삭
이명처럼 아득한 속울음!
귓속을 한없이 파고든 듯,
어느새 가슴을 찌른다
그도 숨을 쉬는 걸까
그 동안 정체된 것들의
여린 호흡
귀지란
내 몸의 새살이다
여린 살을 송송 돋게 하는
그 무엇,
이 엄청난 밀어내기로
윤기 나는 귀지,
싱그러운 생명의 힘

재

재가 왜 저 나무 그늘에서 울고 있는 걸까
밖은 거대한 잿빛으로 큰비 올 듯한데
재가 왜 저기 저기서 눈물을 훔치고 있는 걸까
왜 사뭇 어깨를 들먹이는 걸까
나뭇잎에 묻은 어둠 가장자리에서

가차운 소리, 흰 구름 섞여와 푸르게 무늬 지는
어떤 음성상징

재는 왜 저기 저 너른 그늘에서 마냥 우는 걸까

간이술집에 관한 추억

따끈한 우동

수인역전 우리집은 우동장사를 했다
엄니는 소주 한 잔씩과 막걸리도 팔았다
기차가 간간이 객실 손님을 토할 때마다
늦길 재촉하던 이들은 엄니가 말아주는 우동을
후룩 후루룩, 잘도 들이켠다
"아줌마, 국물―" 할 때마다 엄니는
멸치 내음 독한 따순 건더기를 가득 퍼주었다
아쉬운 듯 짐 꾸리며 그들의 기척을 가져갈 때쯤
먹거리 곁, 코 흘리며 서 있는 내게, 엄니는
"옛다!" 우동을 휘휘 말아주신다
"무지하게 맛있네, 퉁퉁 뿔었는데도……"
엄니는 이때 후르륵 먹어대는 나를 바라보았다
더운 국물을 조금씩 찬찬히 더 얹어주다가
아주 물 · ㄲ · 러 · 미

정아 눈빛

정아의 '환경조서'를 훑어보던 나는 잠시 뒤
그애를 상담실로 불렀다 햇살 여문 오후였다
부모 직업란의 '상업 : 술집'이 신기해서였다
유흥점 직업이 꽤 많은데도
이런 기록을 보기는 막상 처음이었다
방과후 나는 교무실로 정아를 불렀다 그러곤
우리집도 술을 팔았다는 사실을
그애 눈빛에게 처음으로 말해주었다
정아가 왠지 반들거리는 눈으로 조금만 웃는다
그때 얼핏 어디선가 본 듯한 작은 눈빛,
……지금은 떠나간 엄니의 꼭 그 눈빛이었다

깊은 창
— 헛간

무심히 창을 바라보면 길이가 짐작되고 깊이가 보이네
어릴 적 들어가 허방의 깊이에 빠져 소리없이 울던
여린 눈시울도 안개처럼 무거이 내려와 조곤대던,
그곳은 항시 잿빛 헛간의 구석진 창가였네
창가를 에둘러 흐르는 강이 붉은 혀로 꼬이는 듯
짚더미 깊숙이 파묻히면 차라리 깜깜한 게 훨씬 나았네
아직도 내 유년의 창이 말하는 듯 계속 덜컹덜컹,
어느 날 그 깊은 곳을 찾아나서기로 했네
나는 헛간을 열고 구석을 가만 파고들었네
흠칫, 어디선가 보았던 불빛 한 점 삭아지면서
흔들리는 희미한 눈길 하나 — 그렇지 그렇지,
내 유년의 기억이 아직은 생생하다는 것
결코 내 안을 떠나지 않고 불을 계속 지펴낸다는 것
다만 이런 것들이 기억의 덜미를 사뭇 낚아채네
요즘도 내 어린 자궁은 창문 쪽으로 길이 나 있는지?
아직은 쓸쓸하다고 자신 있게 말할 수 있겠네
깊은 창이 덜컹대던 헛간이 그토록 무섭고 그리우므로

펌프질 하나보다!
—엄니

울컥 울컥, 찌익 찍
울컥 울컥, 찍

엄니가…… 또 펌프질 하나보다 이상한 일이었다 나는 납득할
수 없었다 엄니는 항상 컴컴한 방 한구석에서 울었다 찌익찌익
찌익,

형과 나는 읽던 책을 덮고 불을 껐다

속초에서 아버지 편지가 올 때마다 엄니는 울었다 나는 금세
귀의 폭을 넓혔지만 형의 주먹질에 이불 속을 파고들며 금방 찌
익찍 울어댔다

울컥 울컥,

엄니가 또 빨래하나봐

이때 형과 나는 이불 속에서 무슨 결심 같은 걸 했다 내가 찍찍
울어대니 형도 울컥울컥, 어디엔가 쏟는 일에 열중했다 그날 밤
은 우리 가족 모두가 펌프였다 그러다가 한꺼번에 울음을 몽창
게워냈다

어린 시절

우리는 펌프 울음 가족이었지

것두 모르고, 차암!*

—중2 김보름

출근 때 보름이랑은 입구에서 입을 맞춘다 그런데 아빠랑 뽀뽀할 때마다 제 등을 밖으로 초승달인 양 휘인다 일부러 폼 나게 입맞출라치면 그럴수록 더 구부리며 도톰해진 엉덩일 쭈욱 뺀다

아하, 눈치챘어 갑자기 가슴 커진 딸애가 아빠에게 안기니 가슴이 불편한 거야 넓은 가슴젖과 째깐 젖가슴이 맞부딪는 게 싫은 거야 지독히 겸연쩍은 게야 어쩐지 오늘 아침도 이마를 불쑥, 그렇지 얘가 히프도 커진 중2야, 중2! 덩달아 아빠도 오리 히프를 뒤로 빼게 됐다구

실은 그애가 내 품에서 서서히 떠나는 연습을 하는 거야 그 정점에서 꼬맹가슴이 봉긋해질수록 그만큼의 거리 벌리기, 안아주면 줄수록 어느새 이마께로 줄어드는 넓이 ─ 보름아, 그런데 둥긋한 등뼈 안에 담은 건 무엇이니? 쬐그만 너의 가슴은 결코 닿을 수 없는 거리일까

* 딸애가 중2 때 이 시를 썼다. 벌써 2003년 올해 대학 1학년생이다.

달팽이

달팽이 간다 달팽이 허느적거리며 간다
마른 뼈를 달궁이며 달팽이 느릿느릿 기어간다
땅을 때론 박차고 옛다, 굉음 지르며 쿵쿵대며
말없이 끙끙대며 달팽이 — 팽이로 돈다 돌아간다

그 이름이 달팽이던가, 숱한 질문으로 단련된
네가 바로 그던가 곰지락대며 마른 각질에 질질,
그가 달팽이란 이름의 소유자인가 간혹
가느단 뼈다귀를 깎는 걸까 얇은 뼈에 문신을?
그러다 언제 지웠단 말인가 단단한 살 각질을?

두 개의 숨은 안테나 귀를 그윽히
들판에 그득히
그림자로 비척대는 눈물로
나 달팽이가 되고 싶네
결국은 지치다 가는, 되돌아 기어가는……

등성이를 겨우 내딛다가 간신히 돌아보니
문득 돌아갈 빈집 그 사립문이 보이지 않네

다림질을 하며
— 대학 시절

이거, 너 글 쓴 거 아녀어 왜 버리냐아

달의 꼬리만 혼미한 월미도를 돌아 혼잣방에 오면, 부여에서 백제 땅을 이고 오신 엄니는 방구석의 휴지를 하나하나 다림질하고 계셨다 내 글씨가 있는 종이면 어두운 눈으로 사뭇 곱게 구김을 펴서는 따스히 다림질하셨다 매달 엄니는 다녀가셨고 그때마다 나의 서랍에는 반듯한 원고지가 채곡채곡 쌓여 있었다

등단 기념 축하연에 참석하려던 그날 저녁 여섯시, 엄니는 '뇌졸중'이라는 아름다운 이름으로 쓰러지셨다…… 그제서야 나는 알았다 오실 때마다 엄니는 풋풋한 백제어로 못난 아들의 여린 詩의 주름을 펴주신 것임을

엄니의 휘인 뼈마디 꺼끌한 주름 겹겹을 내가 다림질할 수 없을까 부여로 갈 때마다 나는 설움에 받쳐 점점 가늘어지는 엄니의 다리와 손목을 손으로 쓸어드렸다 그러나 나의 다림질은 소용없었다 무서우리만치 엄니의 팔다리는 '월미'의 달빛처럼 꼬이며 사그라져갔다 지난 십 년 동안 사시려는 몸짓이 처절했지마는

……지금 엄니는 흙으로 누워 계신다

오늘도 나는 다림질을 한다 원통히 흙이 되신 당신의 굽은 마디마디 뼈가 흙 속에서라도 곧게 펴질 때까지

코닦개 종이

하필이면 여름날 심한 독감에 걸린 여자
베갯잇에 콧물 흘리며 자고 있어
혀 끌끌 차며 촘촘 끈끈이 닦아주었네
한낮 아까까지도 괜찮다던 여자
금세 언제 와요, 전화 끓는 목소릴 깔던 여자
황급히 돌아오니
저거 봐 코, 마알간 콧물이 찐덕 새어나왔네
지금은 한밤중, 며칠 전 입 맞출 땐 달았는데
오늘밤은 왠지 여자에게서 쉰내만 나네
콧물도 끓듯이 들락날락, 안 곯던 코도 들들,
남자는 여자를 밀며 구시렁, 돌아누웠네
얼풋 한숨 잤다 싶었는데
휴지 좀 줘요, 여자의 낮은 끓음 소리
끙, 약간 불편한 기색으로 일어난 남자,
두루마릴 던지곤 킹킹대다가 비로소 여자를 본다
그새 잠에 깊이 빠진 그녀의 볼 밑으로
그런데 마알간 은하(銀河)의 물 같은 거,
놀란 남자는 여자 머리맡서 휴지를 가만 뜯는다
서너 겹으로 접어 여남은 개쯤 만들고
너덧 개를 더해 머리맡에 채곡채곡

그래, 지금까지 한 번도 아파보지 않던 그녀
아니, 한 번도 아프지 않아도 되던 여자
저 콧물, 한 번 더 닦아줄까 소리없이 마알간—
별안간 여자 머리 위서 들척이는 허연 나비들
어둠 속 '코닦개나비' 들의 파닥 파닥임 소리

비눗방울 가족

그렇구나 거품이 저리 큰 방울이 되다니
믿음아 보름아
늬들 맘껏 불어라
오밀하고 조밀한 늬들 방 창을 맴돌다
알루미늄 새시 숨막힌 틀을 떠나
뭉게구름 양털구름의 하늘로
두둥실 날아오르게

아빠, 눈이 부셔요
엄마, 방울방울 는개방울 좀 보셔요
꽃초롱 달초롱
한참을 저어가노라면
곧 어둠구슬 별초롱이 나오겠지요
아서라 애들아
캄캄하기 전에 돌아오너라
멀리 가면 길을 잃는단다
이 엄마 손을 잡으렴
용쿠나 믿음아 보름아

영롱하다 흐느적

소리없이 그림자 끌고 가는 비눗방울 보아라
둥글게 나도 몰려간다 엄마 손 잡고
처음 울음의 울음 속 울음 안으로 가자
우리 가끔
작고 네모난 집을 떠나서

선생님 이야기

국민학교 5학년 때의 이야깁니다 난 무슨 모의고사에서 커닝을 하다가 들킨 적이 있습니다 시험 감독중에 커닝 페이퍼를 발견한 선생님은, 뒤에서 시험지 밑 쪽지를 소리 안 나게 뽑아내시더니 아무 말 없이 교탁으로 가셨습니다 난 얼굴을 들 수가 없었지요 시험을 마치자 선생님은 아무 말씀도 없이 교실을 조용히 나가셨습니다 다행히 우리 반 그 누구도 내가 커닝한 사실을 모르는 것 같았습니다

하지만, 하필이면 그날이 교실 청소라 남을 수밖에 없었습니다 이윽고 청소를 점검하러 오신 선생님을 차마 뵐 수 없어 나는 옆 교실에 가 있었지요 그땐 주번이 교실 문을 잠그게 돼 있었어요 조금 뒤, 책가방이 걱정이 되어 '꽃밭'로 다가가 문을 들어가려던 나는 깜짝 놀랐습니다 선생님이 당신 자리에 앉아 계셨기 때문입니다 얼핏 훔쳐본 내 자리엔 책가방이 잘 정리돼 있었지요

몇 번이고 옆 교실에서 우리 교실로 왔다갔다하던 나는, 어둑어둑해서야 교실 문을 잠그시던 담임선생님과 딱 마주치고 말았습니다 덜컥 겁이 난 나는 그만 크게 울음을 터뜨릴 수밖에요 그때입니다, 선생님의 두 손길이 제 머릴 가만히 감쌌습니다 선생님 가슴에서 한참을 울던 나는 용서를 빌려고 조용히 선생님 얼

굴을 올려다보았지요 그런데—

선생님이 말없이 울고 계셨습니다

적정 온도

용암의 불꽃이 20°C라면 좋겠네
그 질붉은 혀 한쪽이 20°C라면
냉큼 잘라서 호록 호르륵 삼키고 싶으이
20°C 노동의 꿈, 20°C의 가난과 눈물이 질펀한
한밤 열두시 부근
식은 선술집 그 눈부신 거리를 지나
으슥하고 침침한 골목길로 들어서면
반가이 맞는 아내의 온기
눅신한 깊이로 잠든 아이들 머리맡에
20°C의 따습기와 부피가 밴 얘기책을 얹어놓네
씻을 물에 푸르스름 새어든 달빛도 녹차향도
삶의 한 조각으로 은근하네
때로는 덜하며 더하며를 신기히 여기지만
오늘 구겨진 20°C만큼의 휴지 낱낱을 어이할꺼나
한 번 생각하고 두 번 더 생각하면
모든 것이 끓을까
지금쯤은
구겨버린 시간을 반듯이 펼쳐도 괜찮아라
20°C의 촉수여 감감함이여 나는 20°C짜리
그처럼 속절없이 취하고만 싶네

20°C 용암꽃을 한 쪽씩 뜯어먹고 싶네 조용히

나는 그를 '자코메티'*라 부른다
—노숙자를 위하여

자코메티, 춥지?

원종일 그림자를 뿌리다 눕는다 한밤이면 풀어진다 저마다의 뼈마디로 꺾이는 그들, 새벽비 오면 긋는 비를 피해 또다른 저들과 어깨를 견준다 속이 시린 그와 그, 그림자 그림자가 영등포 서울역 구석과 바닥에 누웠다, 길쭉 녹슨 자코메티로—두 팔은 철삿줄로 잇고 휘었다 지쳐 잦아들던 몸피가 양 방향으로 펼쳐지다가 가닥가닥 끊어진다 나는 자코메티 화집 낱장을 북, 찢는다 그들이 빙긋, 쪽수 사이로 들어와 접힌다 바짝 눌리는 자코메티— 곳곳에서 제 살집을 기다라니 늘리거나 구불구불 접는다 딱지처럼 납작 눌린 활자로

우린 안는다 업으며 또다른 그와 동행한다 '자코메티—', 이름을 나직이 부르니 가만히 뒤돌아보는 그, 밤새 떨고 젖는 사이 우린 자코메티 입술을 촘촘한 더듬이로 더듬는다 한 모금 또 한 모금 (밀어넣으며) 붐붐 휘웃, 눅진한 새벽녘이 다가와 희부윰 의자에 얹힌다

우리, 모두 자코메티처럼 휘어지고 싶지 않니?

* 자코메티(Giacometti, 1901~1966) : 스위스 조각가·화가. 상상력에 의한 관념적 공간 조형을 추구했으며 환상·상징·전율적 오브제로 사람을 철사처럼 가느다랗게 만들어 강렬한 동적 공간을 표현했다.

니나놋집

비 오는 날은 공치는 날,
니나놋집으로들 간다
흙 묻은 이마의 빗줄기 치우며
고 가시나, 잘 있겄제?
철컥 쩔걱 짝!
엉덩짝 젓가락짝 농익은 술판
닐니리야, 악다구니에
니나노―, 2분음표 혹은 4분음표로
찍어대는 빗살무늬 장단
이윽고 질퍽한 상 한쪽이 나가떨어진다

공치는 날은 웬걸,
모두들 쉰 목소리로
악다구니를 지질러댄다
엥헤이 엥헤야, 이윽고
가시나들 목젖에서 기어나와
밤새 낡은 판자지붕을 때리는
젓가락 빗소리 ―
비 오는 날이면 여지없이
흰 상다리 밑으로 흐물흐물,

가시나의 살카슴 젖물이 흐른다
지워진 분(粉), 젖은 물기 하나

어떤 첨부 파일

방금 올린 너의 고화질 사진 한 장을
모니터 화면에서 깔끔히 오려낸다
아직도 따끈따끈한 너,
내 게시판에 푸른 압정으로 눌러놓는다
조금씩 열리는 붉디붉은 입술

지금도 너는 내 가슴 안으로
끝없이 전송되는 중이다
찬찬히 둥글게 접혀오는 중이다

나도 너에게
오랫동안 잊히지 않을
고화질 사진 한 장이 되고 싶다

2부

생기

네 몸에 깃이 돋았는지?
피부 껍질을 뚫고 삐죽 솟아나
생채기를 만들면서도
은비늘처럼
허옇고 벌겋게 쭈욱쭉 솟아나는
너 생기 반갑다
때로는 흐릿한 耳鳴 같은
그 소리의
뜬다 뜬다 이 '들림' 을 아시는지?
고개를 뒤흔들다가도
다시 옴틀옴틀 치솟는 너는
아침 칫솔에
반득 묻어나는 하얀 거품—
첫날밤 신부의 생이슬 같은
'붉은 악마' 의 아우성 같은
너 정말 반갑다

봄은 밑씻개로부터 온다

겨울은
나무의 언 내장을 헐고 또 뜯어낸다

그새 틀어진 덤불들이 온몸으로 나무를 감싸고 그들의 숨을 헹
구어낸다 녹 묻은 상흔, 터진 실핏줄마다 긴급 수혈하는 따스한
비, 비는 청승맞게 날 세우며 반듯한 빗금으로 남은 추위를 내려
친다 소란하다 겨울의 막바지, 스르렁ㅡ 숨죽이며 어딘가로 향하
는 어둠 굴렁쇠

나무들도 이른 봄이면 저마다 뒷물을 한다 저어기 은빛 버들개
지를 보아, 물바닥서 소근대며 모올래 밑을 씻는

봄은 밑씻개로부터 온다

안개 · 는개

나는 시계밥을 준다 끌끄르륵
밖을 내다본다 피어나는 안개
피어나다 폭삭 꺼지는 는개 안개
난 시계에 밥을 준다 안개 송이송이
꽃밭에 시계밥 소릴 준다
여전히 는개는개 안개안개 내리다
난 시계밥을 준다 안개 내리다
그 밑 뭉게뭉게 굴러나오는 는개
일어나 사무쳐 안는다
늙은 개처럼 기던 안개
머릴 삿삿 쳐들면 퍼뜩 핏발 선 그믐달
하얀 실처럼 달무리 진 안개의 눈
어둠을 에워 둥그렇게 돈다
안개는 나비날래 날래날래
나는 안개밥을 준다 끌끄르끄륵

부스럼

어제까지는
윤이 나던 표정이
지금 딱지로 돌아와
제 몸을 불린다

득득 갉으며
꺼풀을 벗는 살

딱지를 긁으면
표연히
일어서는 게 있다

시뻘건 저, 저거
진저릴 치다가
팽,
샘솟는 투명이 있다

논개

부인,
이윽고 진주 남강에 들었지
물길 굽이 너머 너머 굽이 덕유 육십령 아래
왜놈 모가지 껴안고 떨어진 바윗덩일 볼로 쓸며
그대 숨은 가락지 열 개를 찾고 있네
물의 틈새틈새 조약돌 밑
모래 알알이 더부사는 물 무게 속에서
문득
그대 한 서린 가락지 한 개를 보네
케케묵은 이끼똥을 닦다가
썩어서 시푸른 쇠붙이똥을 긁다가
와들와들, 떨고 말았지
그 옥지환에 묻어 떨어지지 않는 살 몇 점
떼어내도 두들겨도 띌 줄 모르는
논개 그대의 손마디 뼈부스러기 몇 알
지금도 강줄기 속빛이 허옇게 출렁인다지
요추 흉추 늑골 두개골
지금도 길다라이 누운 흐름으로
생살 키워 흐른다지,
부인

공기 만들기
―구피*가 있는 수조

쩔벙, 방으로 들어온다 그림자 설핏
여전히 수조는 푸르다
한 곳의 물을 갈아 마시는 구피 두 마리
부족분을 채워나가듯 고개를 든다
하나가 도망치면 쫓다가 지쳐버리는
두 마리 구피의 통증은 전혀 없다
파장하는 물의 미동도 없다
그만큼 수조는 탄탄하다
누군가 물의 저항을 지우고 구피처럼 날면?
거부 않으리, 한쪽으로 기운 물의
네모난 유리벽을 향한 나선형 저항으로
제 몸의 비늘을 긁기 시작하는 구피
몸에 새 껍질 돋우는 물을 보라, 회전을 보라
잦은 공기가 점차 소리없이 삭제되는데도
구피는 전혀 겁도 없이
빨리 물을 삼키는 시늉만 한다
이들은 나갈 방이 없다 월세나 전세로
나가서 차릴 살림이 없다, 없다

* 열대어족. 작은 몸이 붉거나 휨.

안전선, 그 유체 이탈

지하철 5호선에서 내릴 때 누군가 안전선 밖에다가 신발을 가지런히 벗어놓았다 쭈뼛, 뒤돌아본다 누굴까 저 크고 긴 댓돌 위에 툇마루 줄 알고 벗은 걸까 안전선 ─ 그 안／밖은 무슨 선을 바탕한 것일까 기차는 기인 굉음을 남긴 채 동굴 벽을 허위허위 파들기 시작한다 그런데 저리도 편히 누가 신발을 벗어놓았을까 바닥으로 내렸을까 훌쩍, 아주 편히? 실로 영혼과 육체의 분리란 가능할까 안／밖이란 금 하나로 긋기

누군가 영혼과 육신의 분리를 간증하듯이 벗어놓은 두 개의 신발

빵

너의 겉옷을 벗기네, 살곰 살큰
막 깨인 생살 한 겹씩 달구는 속내
熱 띠다가 이쁜 멍 만들다가
쿵쾅 뜀박질 치는 둥근 몸을 보게

남몰래 손을 넣어
따순 속가슴 만지작거리면
은밀,
이게 무언지 비로소 알 것도 같네

숫내 나는 맨몸으로
설레어 신음 소릴 조금씩 여는,
불현듯 송글땀을 내는 너
흰니 옹니 내밀며 부끄럼 타는 듯

옹송봉송 풋기 서린 살결은
내 열아홉 숨은 가시내 것,
갓 익어 도톰한 젖가슴 안에
가만히 들어가 있고 싶네
아직도 철없는 서방이고 싶네

너는 푸른 살(歲) 나의 애인,
때 되면 소리없이 알맞게 부풀기
언뜻 말랑살 점점을 풀어놓고
저 혼자 그늘을 딛고 와 눈짓하는

젖은 안경

아이쿠, 빠뜨렸네 내 안경
욕통 속 몸부림 번득이는 두 눈
불빛 사이사이 깊이 흔들리네
너는 스무 살 매끄런 몸매
희도록 몸을 씻고 나와선 넌지시
투덜대는 물에게 묻네 징긋,
어때요 알몸이?
빛을 속속 뿜어대는
부시도록 맑은 저 흔들림을 봐
뒤룩이던 눈 알맹이
물 속을 헤적이다 찌뿌둥 인상 쓰네
안에선 키득키득 물장구, 깨소곰 저짓
더더욱 맑네야
연이어 어쩌구 궁시렁대는 사이
물의 두 눈에 섬뜩,
이미 들킨 내 속곳이야
잘디잔 빛들이 물길을 파고들면
내 눈은 형편없는 것이라?
—명멸이란 이런 것

물 속 방귀

아침저녁으로 나는
목욕물 속에서 슬쩍 방귀를 뀐다
뽁뿍글 올라오는 물공기
끝내 못 참겠다는 표정이다
소리와 냄새만 있는 줄 알았더니
어느새 방귀 몸피는 기세등등
눌린 풍선 얼굴로 떠올라
움찔, 물의 표면에서 꺼져간다

—싱싱한 구린내 부피
가끔씩 방귀의 방아쇠를 몰래 당기면
언뜻 물에 씻긴 내음이 보인다
물에 헹군 소리도 보인다 저어기
상추를 하얗게 부비던 엄니 손의
푸른 물방귀……
섭씨 40도 나의 욕조에는
소리와 냄새의 자궁이 들어 있다

겨울나무를 쓰다듬다

겨울 숲으로 가자
'純銀이 빛나는 이 아침에' *
겨울 숲으로 가자
게서 겨울나무들의 빈궁한 살을 만지리니
나무가 신음할 때까지
저들의 피부를 쓰다듬기로 하자
전나무 산오리목 청솔가지와 잎맥들이
휘영청,
그들의 숲으로 가자 겨울 숲으로
내 거기서 만나는 나무마다
은밀히 쓰다듬고 안아주리니
나무가 말을 할 때까지
나무가 입술을 열 때까지
뜨거운 입김이 내 귀에 닿을 때까지
오오
숲으로 겨울 숲으로 가자
나는 온몸으로 부딪는다
비비고 부벼대며 기쁨에 젖는다 오오
폭설의 전율이 이는, 이 기쁨이여
깊은 음자리 몇 줄기여

바이올렛

이상한 낌새 있어
어둠 속 잎사귀를 훔쳐본다
들켰다!

한밤중 바이올렛 뿌리털이
실 끝을 물 속에 깊이 박고
유리컵의 물을 빨아들인다

소리없이 다가간 나는
물을 가득 채운다
금세 훤언히 투시되는
실낱들의 총발기

바이올렛 털뿌리들의
그짓,

물이 몸을 떨며
밤새도록
찰랑, 찰랑거리다

그게 왜 목젖인지

알 수 없네 그게 왜 젖인지
후두에 긴 알젖이 달려 있다는 사실,
손거울로 아무리 속 깊이 비춰봐도
웬걸, 도통 젖 같지도 않네
아내의 그것과도 모냥이 딴판이네
보통은 끝이 도톰 몽그스름하거나
두 개라야 맞는 법
세상엔 참, 끝이 뾰죽한 젖도 다 있네
너무 닳다보면 것두 축 늘어지는지?
목구멍 밖으로 커르르 공기 뿜으니
파르르 떠는 목젖
고 끝이 보기에도 영 말씀이 아니네
목구멍에도 묘한 게 달렸다고 와글대는
고 끝이 파르르 떨며 놀려대는
입소문만 시끌버끌 무성한,
우르르우르르
모든 게 참으로 젖 같은 세상이네
이제부터 난 너를 '목꼭지' 라 부르겠네

코피란 무엇인가

거울 앞에서 터진 코피를 급히 닦다가
통통 부은 콧댕일 본다
정면에서 된통 맞은 듯 멍멍한,
그러나 코피의 내력은 나만이 안다
여자가 다달이 치르는 삶의 잔 외상값
노심초사 치르는 그 달거리와 같은 것

사뭇 멈추질 않아 슥석슥석 훔친다
덩달아 쌍코피 흘리는 거울, 흠칫
잔물결 치며 웃는 표면의 붉은 반점
코피란 몸이 애써 짜낸 진액이다
누런 색깔이 몹시 하애질 때까지
심혈을 다해 끝까지 짜낼 일이다

넌 생애의 마지막 반항심, 투기(妬忌)
솟구친 힘이 동력 벨트로 친친 돈다
코피는 생동(生動)이며 싱싱한 피범벅
오늘 아침 몸 어디선가 밀어낸 이쁜 핏물
넌 나의 사전에 노오란 엑기스로 등재된다

코피는 코의 말씀, 몸의 고해성사를
이제야 비로소 눈치챌 것 같은
얼추 알아들을 것만 같은

어떻게 냄새를 닦을까

목욕도 하고 똥두 눌 겸 화장실로 간다
찬물 한 컵을 미리 갖다놓는데
물컵 가장이에 슬금
옅은 똥내 묻을까, 진한 게 담길까 걱정이다
사실 물컵 가장이에 묻었을 냄새가 고민이야
혹여 먼지 빨아들이는 스펀지나
냄새 닦는 행주 그 비슷한 따윈 없을까
살짝 내음 묻은 컵 언저리에
작은 스펀지를 꺼내어 덮는 컵
실컷 물 먹을 줄 알았던 스펀지는 갑자기
냄새를 빨아 간수하느라 정신없는 눈치다
그렇지,
앞으론 '물 먹는 하마'로 닦으면 되겠네
어느새 통통 부어오른 스펀지의 누런 낯빛
이윽고 물방울로 또옥똑 떨어지는 쿠렁내
신기하여라 진쿠렁내

♨은 욕탕 표시가 아니다

'똥' 표시다

지금 나는 퐁퐁, ♨누러 대밭으로 간다 봄똥이다 앉아서 끙끙 댈 때마다 내 밑도리선 솔솔 기운이 인다 소올솔, 난 가끔 수세식 변기에 궁둥이를 깔고 앉아 볼기로 추억의 작은 궁둥이를 파본다 갓 눈 ♨에 그저 사무쳐 버둥댄다 그리움이란 어쩜 제 엉덩이에 꼭 맞는 웅덩이 파기, 자꾸만 궁둥일 제자리에 지질러대기

변기는 늘 차겁다 낯설다 내 엉덩이를 마냥 거부하는, 긴장하던 괄약근이 멈칫, 파인 궁둥이만큼의 웅덩이를 파낼 때 '엉덩이 +궁둥이=볼기'란 등식이 성립한다 ♨은 욕탕 표시가 아니다 원만히 눈 똥과 똥긋한* 냄새와 '접근 금지' 표시, 시간이 갈수록 알맞은 똥 한 짐 푸짐히 모시고픈 거다 그래서 뒷간으로 매일 ♨만들러 간다 日收 찍듯 똥똥 찍으러 간다 항상 나만의 누기로 질금질금 싼 기표들—여럿 '누기'의 約物들이 서로의 몸을 깍지 끼었다 그리움의 볼륨, 봄똥!

향긋타, 그리운 ♨

* 똥긋하다 : '(아기) 똥냄새 향긋하다'의 뜻으로, 만든 말(造語).

능금에게

나는 너, 안을 파 기어든다 허덕이며
격격대며 기어들어가 다시 후벼 먹는다
끈끈한 입으로 너를 찾아가면
종국은 울음만이 남는다
나·너의 흔적이 그렇다 서로가 서로를 문디긴다
오오 네가 남긴 추억의 손끝, 혀의 끈끈이 끝

나는 거기서 나부긴다
살강살강 춤 그리다 목이 멘다
나는 늘상 나, 네가 나를 깎아 먹으럼
즙액과 살거죽만 남은
요컨대 나는 너 빠알간 끝이다
나는 나 너는 너로
다시 몸부림하며 울어대는구나

나는 너 곧 네가 나를 업고 간다
네 어깨를 잡고 그림자와 나 함께 엎어진다
바알간 엉덩일 으썩 깨물자 아퍼,
수십 수백의 젖은 몸이 나의 눈을 달군다

쌍봉사 배롱나무

쌍봉사 뒤께로 올라 비에 젖은 배롱나무 보았습니다
나무 몸에서 불뚝, 굵은 힘 느껴져 한 손으로 쥐었더니
男根이더라니까, 딴딴한! 불뚝불뚝 치를 떠는—
그런데 안 보는 척 초승달눈으로 저만큼 가서야
흘끔 힐끔 바라볼까요 여자들은 왜

저쪽에서 젊은 처자, 나풀대며 풀밭을 가로지릅니다
그 참, 팔랑팔랑 날으는 흰나비 같네,
오늘 새벽 그녀가 쪼르르 해우소를 나오길래
살쿵 그리 들어간 나는 바지춤 내리고 들썩들썩 그냥……
똥도 안 마린데 괜히 문 열고 들어가 앉았습니다
갑작스런 발기척 있어 '解憂, 해우—'하며
아랫힘 주면서요 안 나오는 걸 억지로 누었습니다

그런데 이상한 일이데요
얼른 밑을 보니 게서
삐일건 이쁜 목백일홍 한 송이 도톰하데요
두툼 피어오르데요
처자 그녀가 배롱나무 줄기를 보았을까 어땠을까
끝까지 지켜보았을까 속 깊은 나무의 발그스름 발기를

젖은 비누를 위한 詩

비누는 여자의 몸,
여자 알몸이 타원형 몸알로 매끈히 누웠다
여체는 살과 뼈의 결합으로 흐느적,
아침마다 남자는 여자 혈액에서 비눗물을 뽑고
몸 알맹이 잘 빠진 허리께를 쓰다듬다가
이윽고 비누의 거친 타액을 묻는다
곧이어 미끈한 비누몸에 감전된 말,
전율!
몸을 가누지 못해 서로의 잘록한 허리를
튼튼 나긋한 허리 중심을 쓰다듬는 밤

요것이?
잘 잡히지 않는 비누와 땟물, 자꾸 빠져나가는

스카치테이핑을 하며

울음소리 名은 찰싹 사아악이다
너의 살갗에 나를 붙일 때
내 살갗에 너를 덧붙일 때
살과 살 사이, 찰싹찰싹하는 소리
매끄러이 또는 거칠게 누벼나갈 때
너는 붙는다 착착 붙는다
특히 맨살의 맨 부분을 향해

너와 나, 살가죽이 붙어 하나 되기
얇은 표피로 어우러져 서로의 실핏줄로
누비고 호고 공그르며 감치기
너랑 나랑은 한 땀 한 땀
겨우내 틈탄 숨구멍을 확보하기
그때마다 찰싹찰싹 강한 울림 소리로
숨은 속가슴 후벼내기
……너에게서 내가 묻어나기
묻어나 오래오래 스며들기
밤마다 찰싹—사아아악 울음소리로

탐지
— 책을 위하여

   나는 여자를 펼친다 펼치면 반드시 나오는 후미진 곳의 여자,
나는 늘 여자를 목마르게 찾는다 그리곤 어리빙한 눈빛으로 몸을
샅, 샅, 더듬는다 이내 열린다

   너는 열리는 순간 곧 완벽한 반나신의 여자로 사내인 나를 기
다린다 여자가 되레 이쁜 눈빛으로 기웃기웃 나의 눈길을 훔친
다 그곳엔 나이 든 여자와 어린 여자가 눈길을 서로 주고받고
있다 나는 그 사이·속·주변·그늘에 깔린 여자의 내면을 탐지
한다

   그때마다 글 껍질이 말랑말랑 벗겨진다 문자가 머릴 디밀면 여
지없이 까끌한 살갗 앙상한 각질, 혹은 물렁물렁한 연골들의 은
유와 상징 — 나는 섣불리 설익은 직유로 푼다, 드디어 나의 뜨
끈·온유한 자물쇠를 따고 남몰래 들어와 앵겨오는 그녀, 그림자
이불 틈으로 살짝 몸을 밀고 오는 내 달뜬 몸을 파고드는 그녀

   그렇지, '탐지'란 이름의 여자, 참 이쁠 것 같애

   나는 낮마다 밤마다 너의 표면을 더듬는다(오, 생글자 내음)
덩달아 상큼한 그녀 앞에서 항상 몸을 배배 꼬며 침 흘리는 나는

빙충맞은 남성이다…… 이제 채비가 되었다 다시 그녀를 따고
입구로 들어간다

움푹

나는 '움푹' 이란 부사를 좋아한다
전철 좌석 바로 앞, 맞은편 긴 머리 틀어올린 여자
흰 원피스에 노오란 블라우스를 걸쳐 매끈한,
그녀의 허리선이 잘 내려가다 움푹 꺼지네

하필이면 정면 그녀의 옴폭한 그늘이 아뜩해라
움직임이 숨쉬는, 봉긋한 배를 흐르는 곡진 선(線)
이렇게 풍지(風紙)처럼 떠는 선을 본 적이 없네
둥근 배 밑으로 흐르는 저 움푹 꺼짐 그런 것들
옥빛 그늘 드리운 '움푹' 의 속내를 참 알 수 없네

연하고 작은 말 '옴폭' 은 돌아가는 후미에도 있다
선은 왜 그렇게 깊어갈수록 숨막힐까 때로는 굵게
머리올처럼 실지렁이처럼, 그러다 미늘도 되겠지
끄는 옆 눈길에 휘다 만 곡선이 다시 숨듯 숨바꼭질,

기차가 덜컹, 그녀의 굴곡이 흔들리다 멈추네
아찔해, 이쁜 옷 희고 노란빛의 섬모들이 즐거이
움푹 든 곳마다 그늘을 파고 있네
그녀를 훔치던 시선에 수동 제어장치를 걸어보지만

별수 없이 난 선의 숨결을 몰래 듣는,
가슴 죄며 그의 초침 소릴 톡톡 탐하는 한량이네

나는 글자다

나는 글자다 낱낱의 뼈와 살을 지닌
서로는 어여쁜 룸펜이거나 기쁜 '게이',
오늘도 수글자는 암글자를 만나 수작부린다
밤늦게 영등포역 신세계 골목을 지나면
예쁜 글자 편린들이 동전으로 때리는 유리문
어쩌면 봉지 속 어린 에이비씨과자 같은,
터진 봉지 속 건빵처럼 부은 얼굴로
다른 부품(部品)인 나와 꼭 꿰맞추려 한다

글자 위에 글자 없고 글자 밑에 글자 없다
까버린 것 구겨진 것 빡빡 지운 것들 때문에
쫀쫀 쪼인트 까지기도 하지만
오늘도 난 심야에 글자를 만나러 간다
못생긴 놈을 골라 호호오 입에 넣고
때밀이 수건으로 살살 숨은 살도 닦는다
그런데 넌 아직도 해방구에서 노는지?
난 신정동 수글자,
압구정 암글자여 지금 넌 어디 있는지?

3부

면·벽·누더기

방은 외롭다 텅 빈
방은 지금 인적이 없다
터엉— 비었다

방 한가운데 방석 하나 있다 앞에 벽장 있다 벽장문 있다 線이
벽의 모서릴 따라가 만난다 죽죽 그은 직선과 곡선, 휘인 선들이
차례로 만나는 중이다 가운데 방석 하나 있다 누군가 잠시 다녀
간 듯, 염주와 목탁이 흔적을 알려준다 저어기, 벽면에 걸린 한
벌의 단아한 누더기, 그는 이대로 누더기만 남긴 채 빈 몸으로 갔
다 벗은 부끄럼도 없이, 나의 눈, 빛의 線은 렌즈의 눈, 사뭇 렌즈
몸이 탱글거리는 사이 면·벽·누더기만 슬쩍 남는

방은 외롭다
그와 나, 화르륵!
홀연히 렌즈의 초점에 불타오르다가
어디선가 홀연히
나의 그림자를 쫓는다
나도 그의 행방을 되쫓는다 샅샅이
터엉 빈 발걸음 흔적을

거울 내부

거울 면을 매만지면
푸른 늪이 보인다 그의 허파와
부레의 숨이 보인다
잠시 지나는 바람이 설핏,
건드리는 결에
조금씩 물살 가르는 놀란 숨결
빛의 줄기다, 파장(波長)이다!
물에도 살이 알맞게 붙어 있다
빛으로 일렁이는 살이 있다
누군가 다니러 오는 이 시간
나는 거울의 얼굴 가죽을 벗긴다
두려워 와들와들 떠는 물
순간 알 수 없는 강한 힘이
와락, 거울 속 시퍼런 깊이로
나의 미끈한 맨몸을 밀어넣는다
무한의 바다 한 점 물고기
거울 뒤엔 그를 움직이는
여러 개의 손이 얼크러져 있다
서로들, 뭐라고? 귀 주빗대던 거울
제 얼굴에 찬찬히 푸른 카펫을 깐다

아무 일 없었다는 듯
잔잔해지는 회오리 회오리늪,
거울은 온통 말간 상처투성이

간월도 가는 길은 휘었다

햇빛 퍼붓는 서산 간월도 머얼리
햇겨울 눈이 매우 깊다
섬 허리 잘려 멀어진 곳 끄트머리쯤
휘익휙 簡易 뼈 결린 채
비척대는 갯사람 하나,
아슬아슬 희미한 바닷길을 짚어 간다

한낮에 다녀간 어떤 발자욱도 없다
입술 오므려 다시 찾아보는 휘파람
웅웅, 거기 누구 없어요—
거대한 耳鳴으로 쩔벙대는 갯바람
물결 잔등을 쓸며 잿빛 바다를 훑고 있다

한밤내 다릴 징금대며 거먹눈으로 돌아온 나는
삐꿋한 다리뼈 겨우 디디며 열을 떠낸다
덩달아 가슴 삔 바닷길, 어둠으로 빗금 채운다

느지막이 섬으로 가는 길이 휘었다
길 트며 곁으로 성큼 다가선 저녁 물은
달빛 꼬리마저 휘인 어둠을 적신다

안개는 아직 모호하다 그새
한 점 불씨는커녕 슥, 꺼져버린 간월도
불현듯 큰 몸을 소리없이 일으키며,
출 · 항 · 한 · 다

적벽강에서

삿삿,
거대한 소릴 몰고 오는 물안개
파장이 드리운 소리 조각도 품었다
뜨거운 혀로 쓰다듬으면 생기는 물결
자갈도 털 일으키며 맨몸을 드러내고
물수제비 뜨는 아이의 손을 채근한다

삿삿,
꽃이 진다 한철 노오란 달맞이꽃
바람결에 작은 상처를 입은 듯
두툼한 꽃주머니 속에 고요 한 점 담았다
강물이 펄쩍 오르며 튄다, 튄다
저녁 바람에
허연 치아를 슬몃슬몃 드러내는 걸 보면
곧 스산한 바람이 불 모양이다
완전히 쓸어갈 모양이다

물과 칼

싱크대 물 속에 칼이 누워 있다
물이 조금씩 흔들릴 때마다
햇빛을 켜고 빛의 날을 오려내며
키득
끼득

가끔은
물의 몸을 자르고 햇볕을 달궈낸다
징징 짜고 물의 끄덩이를 잡아채며
머얼건 코를 콩콩 풀어대기도 한다
드러나는 물의 실핏줄과 힘줄
칼은 울어도 웃는 듯

때때로 물은 匕首가 된다
안으로 소리없이
날과 끝의 볼을 부비고 훔치다가도
책상 유리 위 클립처럼
상큼한 햇빛을 품에 끼워 단단히 접는

칼은 물 속에서만 부드러워진다

소리 듣기

둔,

잠에서 깨니 귀를 째는 숨소리
어느 때보다 공기 질량이 무겁다
반짝, 송곳 같은 게 낮게 난다
머리맡 자명종이 울기 시작하고
어젯밤 걸어놨던 테이프가 풀린다
스테레오 음량 최대치,
빨간 두 눈알의 티브이

부엌칼이 도마에서 놀고
수돗물은 눅눅한 수액을 뿜는다
자동으로 켜지는 전자레인지
애들 방 미미인형의 초인종 소리
뒤를 이은 안녕하세요, 인사하지만
공기의 밀회는 끝나지 않았다
아직도 새벽의 딩한 머리를
자꾸 내려치는 둔기 소리
둔,

고요를 깨는 이 소리 둔기에
나는 달 있는 새벽마다
희끄름 가슴 앓고 만다
소리의 눈이 옅은 숨을 파고든다

천 개의 빈 의자

즐비한 의자들이 참 빤듯이도 있네
밀레니엄홀 맨 뒷자리에서 앞을 보니
가득 메운 일천여 의자에 아무도 없네
두렵네, 저렇게들 뒤돌아앉아 도대체
숭얼숭얼 무슨 획책들을 하는 건지
모두 한결같이 귀 죽여 이어폰 듣듯이

자세히 보면 똑 그렇지만도 않네
옆 의자에게 오른 의자가 눈빛으로 말하고
입술을 감추며 왼 의자가 속삭이네
숨죽이며 그들 모두는 '긴급회의중'
순간 저들이 일제히 돌아볼까 무섭네

전부터 난 얼차려, 이런 거에 약했네
빈 의자는 계속 차려 명령을 하고
의자들 모두 집총자세로 반듯하게
심사숙고중인지 전혀 미동도 하지 않네
엄숙한 표정 짓던 의자의 이목구비가
확, 내 따귀를 때릴지도 모를 일

너무 빤듯한 건 무서웁네 저 의자의,
천 개 의자들의 두런거림과 조촐한 반란들
삐뚤빼뚤한 주변을 반벙어리로 만들 때
깊은 잠 속에서 나는
지나간 적막에 가위눌리다 깨어나네
천 개의 의자들도 모두 덩달아 움찔하네

새벽 북한강
―문신

북한강에서 문신을 보았다
고즈넉한 물을 유유히
잿빛 비늘 속 이빨을 들추는
선연한 독, 칼침 자국 난 물고기
서슬에 한 땀 한 땀 새겨넣은 뜸
물결털이 잔등을 벗는다

여기는 북한강,
누가 저 난자된 문신을 지우랴
찢긴 상처를 꿰매고
붉은 독을 씻을 수 있으랴
퉁퉁 부르터서 지울 길 없는
물고기들의 몸

펄쩌적,
바닥을 때리며 속엣것 비우는 강바닥
물고기들의 집단 탈주
허지만 퍼런 문신은 그대로 살아나
깊은 물 속으로 풀어진다

물고기 화석

그물 속 물고기를 만난다 건져낸 몸이 비늘을 털며 말한다 눈물 점점(點點), 물고기는 갸름한 몸을 비틀고 눈물이 만나는 점마다 붙는 비늘……

비늘로 번들거려도 빛살이 없다 쪼갠 빛 틈으로 새어드는 광물 조각, 누더기를 깁자마자 깨지는 물고기의 빙열(氷裂), 이승의 질긴 인연의 끈을 그물코에 비끄러매는 이들의 눈물방울이 어룽거린다 — 시계(視界)는 맑고 시림

물고기 화석 먼지가 인다 풀썩, 눈물이 풀썩, 저마다 시간을 떠나 칠흑 같은 밤을 흐르는 물고기들의 생생한 언어를 익힌다

겨울강 속

흐르는 물의 젖니가 가끔
희뜩, 웃는 게 보인다
물의 내밀한 陰謀에서 성긴
그 아래 북슬한 陰毛를 보라

매끈한 물의 털은 말간 파란빛에
늘 씻기며 부서지고 있다
보이는 나머지는
물의 뼈와 내장, 根氣
소갈머릴 가닥가닥 쪼갠 물은
거덜 난 속살을 흘려보낸다
쉬임없이

저어기
물의 젖니를 보아,
무슨 말을 떠벌리려는 듯
우물대며 한없이 잠행하는

선분홍 튤립

튤립 꽃잎 사이를 들춘다
불을 찾는다 색채를 안간힘을 찾는다
붉은 꽃잎의 거대한 홑겹 문 앞
낑낑 기어가 문고릴 잡는다
튤립 잎 한 틈씩 일 밀리씩
들썩 들써억 묵중한 붉기 무게
튤립 열릴까 열까 말까
연홍 연선홍의, 선홍 선분홍의
꽃·빛·꽃빛 가지가지 그늘로 지고
곳곳마다 꽃꽃 잎잎
투명의 핏방울들 화르릉 타오를 듯
어기적어기적 입을 여는 튤립
간지럽다며 토해낸 연홍 선분홍
한 무더기를 깊이로 끌어당긴다
붉게 비밀스런 선홍 짙은 안쓰럼으로
꽃잎들에게 계속 돌진하다
데면 살갗에 붙는 불,
튤립 꽃잎사귀 화르릉 불타오르다

불안

내가 돌연히 불안을 만났을 때
불안이 불안하다고 계속 말할 때
有의 불안과
無의 불안이 함께 기지개 켤 때
밥상 위에서 절그럭대는 불안
숟가락 주위에서 빛나는 불안
일상의 삶 속 불안
불륜 그 아름다운 눈빛끼리의 불안
순간의 콧물이 비치는 불안
치아 사이 갓 노오란 치석의 불안
불안쑤시개로 콕콕,
불안찌꺼기를 쪼아내어도
부메랑의 예리한 날 끝,
여전히 파고드는

꽃잎, 쉬잇
—장미

너의 속곳을 좋아한다
검붉음도 좋았다
옷깃, 칼라 속으로 접어들어
세밀한 각도를
한 각씩 베어 속 몸을 더듬는다
깰라 조심,
상의 칼라 안으로 가만 접히는
한 틈 한 틈
내장된 살부빔 내력을 알고 싶다

너를 연다 그 안과 속
유리날로 살깃 한 장을 들춘다
엷은 입술을 아주 소심히
떨림 한 결씩 떠내는 사이
서억 석, 틈 내어가는 잎의 날
깰라 조심
붉어 향긋한 잎사귀 중심에
공들여 結句를 찍는다

쉬잇,

검은 점이 움직인다
—바퀴벌레

캄캄한 점의 흰 빛이 움직인다
고혹과 매혹, 곤혹스러운 검은 한 점
나타났다가 소스라치는 몸체
순간 어둠에 휘묻힌다 어디론가
빛의 직진이 검은색을 때리니
잿빛 우울한 표정을 흘리는,
저것 봐
물어뜯겨 흥건한 어둠살 어둠피!
때로는 빛이 휘거나 흔들린다
프리즘 무지개띠 굴절 반사의 출렁임
다시 전진 속공, 후퇴, 강타!
그리고 멈춤……
오너라
말초를 뜯으며 귀청을 갈기며
쿵쿵 구르는 탱크처럼
유령 검은 점이 널브러질 때까지
돌연한 검은 점이
내 뒷골을 패러 오리라
좌충우돌 전후좌우,
이 세상 유일한 검은 점 되어 오리라

끊임없이

서랍

한밤중 나는 비죽 서랍을 연다 깊은 밤 삐죽이 서랍을 연다 서랍의 속곳, 깨끗한 알몸이 엿보이는가 싶더니 이내 드러나는 허연 서랍살—그 몸은 네모졌다 한밤에 빛나며 화르릉 타오르는 듯

몸에도 얼이 있다 얼에도 몸이 있겠지 서랍을 일 밀리씩 빼어내니 생생한 部位—번질번질 힘센 살 튼튼 살…… 서랍살을 순두부 된장찌개처럼 퍽퍽 익혀 먹고 싶네 이윽고 어둠 속에서 윤을 내는 저 통통한 힘—서랍살을 주욱 열면 다시 일어서는 힘

저것 좀 봐 돌연히 배시싯 웃는 서랍의 허연 몸내를

목소리
—소문

위험하다 너를 만나면,
먼 듯 가까운 소문이 피다가 사라진다
시간의 아래위
어느 곳이든 도사렸다
조심하라 아설순치후 다섯 음계를

무심결 파고든 끈적한 공기
그가 닿는 귀마다 상처 입는다
꼭꼭 숨어라 넌 무정부주의자
비비는 음과 색의 충돌로 늘 피곤하여
서로를 구불텅한 밧줄로 옥죄고 있다

끊어야지 관계를, 하면서도
먼 듯 가까이 달콤 향기를 핥는 혀
위험하다 너를 만나면
내 모든 귀와 입을 끝까지 열지는 못한다

안개 시편
— 클릭 크리릭!

내 안개숲에 섰네 안개를 따라 저들 무리에 푹 빠졌네
질척 질퍽대던 안개는 서로 만나 헤어지고 몸으로 미네
그들은 암안개와 수안개로 뒤섞여 범벅이고
안개 중심에 서면 촉촉이 내 몸을 만지는 안개입자들
그 안에서 우연히 유쾌한 신음을 듣네 오, 신음 소리
암안개는 내 몸을 부드러이 휘돌아가고
수안개는 열뜬 미망으로 내 뒤를 쫓네 거리와 거리,
거리거리마다 곳곳에서 클릭 크리릭,
암안개가 암나사로, 수안개는 수나사처럼 서서히 끼리릭,
안개의 교관을 따라 분해 결합을 연습하게 되네
다시 뭍으로 돌아와 볼을 때리는 안개와 안개들
그들은 곧 안개 새끼를 퍼부으리 펑펑 울며 쾅쾅대며
폭설처럼 퍼부으리 펑펑 울며 벙벙 발 구르며
잉잉대며 클릭 끼리릭, 잉잉 끼리릭 아우성친다네
어느새 무리 지은 안개군단, 바람에 정렬! 열병하면
바람 탄 안개입자들 이곳으로 집결중이네
암안개 따른 수안개 계속 무리 짓네 따르고
저기 안개 똥구멍으로 어둠이 검지를 밀어넣는군
클릭 크리릭 끼릭 끼리릭, 마냥 가늠자 조정을 하는
안개의 블랙홀 근방

우주 깊은 숨에서 분출되는 배설물, 저 안개를 보아!

바다가 있는 거울

—가을 제부도

저녁 바다에 서서 잿빛을 만지면
파도는 저만큼 아슬히 있다

바위틈에 버려진 거울을 본다
단번에 그간의 얘기를 접다가 펼치는 듯
퍼런 혀 츳츠으ㅡ, 물살은
생날로 삭은 뼈를 핥곤 도로 튄다
빛의 기울기와 반짝임이 골고루 담긴
어둠이다
버석버석 모래알로 씹히는 나의 여름
이젠 털고 일어서야지 보드라운 물에
넌지시 나의 속내를 꺼내어 널다
쟁 쟁쟁ㅡ
어느새 바다못에 긁혀 터진 귀울음
짐짓 버얼건 어둠의 살을 훔쳐본다
튿어진 마음 한쪽을 찬찬히 꿰매는
띠은띠은 무수히 푸른 피멍들
밤새 파도의 알 수 없는 기호를 들으며
나는 쏭얼대는 거울 귀를 조금씩 튼다
몰래 숨긴 칼끝으로

옹 다문 어둠의 틈을 하얗게 연다

거울 속엔 지난 여름의 바다가 있다
찬찬히 들려주는 옛 얘기 주머니가 있다

바람의 원래

푸른 코―트를 걸친 희미한 숨의 부스러기들
너른 들판을 쐰 공기피 수혈이 필요해

슈퍼에서 공기를 몇 됫박씩 구입하고
지나는 바람 몸피에서 주사기로 뽑거나
그의 다른 팔뚝에 정신없이 주사한다
차량은 공기 뒤축을 채며 바퀴를 머물게 하고
거리의 밭은기침도 잦아진 골목으로
바람의 옆얼굴이 힐끗,
차츰 읽히는 몇 섬 분량의 공기
야릇한 표정으로 조금씩 도리질하며
천천히 숲으로 부는 휘파람, 피유우 피윳
수상한 너의 낯빛은 아직 여리다

바람은 원래 초록일까, 가을 숲에 나가
성에가 흰 공기를 풀갈퀴로 그러모은다
그들은 이미 곳곳에 자신의 내장을 감춰놓고
단단히 눕거나 얽히고설켜 있다!
푸르스름 연둣빛은 독 묻은 뽀얀 이를 번득이며
숨이 잦은 공기를 켜내기 위해

가쁜 바람개비를 삑삑 돌려댄다
투명 바탕을 풀무질하던 공기들이 착석할 때쯤
햇빛 쓰다듬던 바람이 깊은 잠을 청한다
이윽고 대박을 터뜨리는 공기 복주머니

불면(不眠)이여,
빛의 질량이 둔중한 공기 헤드라이트를 켤 것
푸른 진홍 공기를 수혈하자꾸나
이제 세기말의 불안은
내게서 도망칠 요량으로 휘어이 꽁무닐 놓네

바람은 강력 터빈,
맹렬히 살을 에어펌프질하는 동안은
벅차게 생성되는 저 맑은 선홍빛 공기를 보아라
불끈대는 공기의 딴딴한 뭉치를 보아라

윤제림 시인과 티코

요즘도 나는 아주 가끔씩 국민차 티코를 따라간다
티코를 따라가면 재미있다 뒤뚱뒤뚱,
괜찮은 상자 하나가 종종걸음으로, 게다가
유리도 달린 것이 두 개의 왕눈도 있는 것이
아슬아슬, 나의 상상력을 키우며 달려간다

시인 윤제림은 작은 편이다 작아서 풋풋하다
그가 구워낸 티코 카피 때문만은 아니지만
아무튼 나는 티코를 보면 그의 볼이 생각나고
도톰 붉은 입술이 생각난다 아마 자기도
티코를 처음 보곤 실소를 금치 못했을 것
변기서 궁싯거리는 폼으로 어렵사리
한 글줄 후벼파 겨우겨우 파냈을 것

'작은 차, 큰 기쁨!' 이 카피,
아내가 남편에게 '손님, 차비 주셔야죠' 하자
남편이 키스로 화답하는 정겨운 TV광고—
가만히 보면 윤제림의 이마는 가끔씩 빛난다
아슬히 거대한 도심에서 다시 골목길,
불현듯 그가 보고 싶으면 그를 닮은 티코를 따라간다

그때마다 티코는 알맞게 굴러간다 귀엽게
그런 걸 보면 티코는 괜찮은 국민차인가보다

탁구공

혼신의 힘이 서려 똘똘 뭉친 것은
오로지 쬐끄만 너뿐이다
냅다 귀싸대기 때려갈기면 핑핑
저편에 닿았다 반드시 튕겨오르는 발칙함을
언제까지 언제까지 추궁해야만 하는가

온 힘을 다하여 보내면 받기, 받으면 보내기
처음과 끝
저쪽과 이쪽을 확보하며 날아가는
집요한 승부사, 죽기 아니면 살기
달려드는 손칼을 피해 팽팽 약올리기
그럴 때마다 콰알 칼 끓는 끓음

핑 하면 휘감아올리고
퐁 하면 턱을 깎아 들이치면서
비었어도 차 있는 탄탄한 몸뚱일 받으며
부수지 못하는 안타까움을 밀치며
때로는 돌진, 온몸을 도도히 던져 뜨겁게 달군다

그래도 어질거나 어리숙한 것아

너무도 줏대가 솔직한 못난 것아
때리면 핑 날아가 퐁 튀어오르는
누구든 심장 깊은 곳을 향해 공격하라,
핑 하고 물으면
퐁 하고 답하면 되지 단 두 마디로

중국성 오토바이

지금도 우리 곁엔 남은 게 있네
대—한민국, 대—한—밍구!
귓속에서 맴돌던 구호가
어느 날 '중국성' 오토바이 끝에
붉게 묻어 있는 걸 보았네
자장면 곱배기를 시킬 때마다
후미에 붉은 기(旗)를 단 채
즉각 달려오던 고물 오토바이
그럴 적마다
나도 붉은 띠를 두르고 싶었지
자장 곱배기가 팅팅 뿔을 때까지
배달 오토바이가 비트는 비행처럼
한 번쯤 대로(大路)를 누비고 싶네
송종국 박지성의 맹렬한 드리블로
찰거머리 수비수를 팍팍 제치고 싶네
미국전에서 열 명을 상대로 맞짱 뜨려던
김남일이 그 진공청소기같이
가슴속 서러움들을 몽땅 내지르면
얼마나 신명날꺼나,
아무래도 난

성난 '중국성' 오토바이를 타야겠네
어쩌다 팽글 미끄러져 넘어져도
꺼떡없이 일어나서
신트리 앞길을 내달리는 저 오토바이를

어퍼컷, 대한민국!

언제 우리에게 설움이 있었더냐
우리에게 참기쁨이 있었더냐
우리가 그저 흰옷만 걸친 겨레였던가

한 방에 날려, 어퍼컷 대한민국
깊은 슬픔의 심연에서 쏟아낸 목청으로
짜작 짝 짝짝, 대—한—민—국!
이 눈물 그간의 고달픔을
어퍼컷 단 한 방에 날려버려
저 한(恨)스런 시간의 골문을 향해
푸른 갈기의 야생마로 푸흐흥 달려가버려

맨손에 글러브를 질끈 동여매고
난데없는 아웃블로 스트레이트,

너의 딴딴한 턱을 향해
딱지 진 상처 응어리진 견고(堅固)를 향해
내지른 공이 날아가 골문을 뒤흔들면
그물처럼 구멍 난 가슴들이 서로 껴안으리
대—한민국! 이 땅 광화문 빛고을 달구벌에서

저 땅 연변 오사카 LA에서, 대―한밍구!

어퍼컷, 대한민국
일백 년 체증 멍울을 단방에 쳐올리며
짜작 짝 짝짝, 신명나게 날려버려
대―한민국, 대―한―밍―구!

소리가 소리에게
―K의 일상생활

소리가 출근 준비를 한다
소리는 소리를 불러 가방을 챙긴다
소리가 소리에게 잠시 안녕, 한다
소리는 엘리베이터 소리에 잠시 얼굴을 찡그린다
소리는 층단추를 누른다
소리는 소리를 빌려 차 문을 딴다
소리는 부웅, 하는 소리 귀에 잠시 귀를 댄다
소리는 부드러운 소리에 안전벨트를 맨다
소리가 천천히 소리를 죽인다
소리는 소리를 톡, 끈다
소리는 조용히 사무실로 향하는 층계를 밟는다

소리가 소릴 요약한다
소리가 소릴 기록한다
소리가 소릴 건드린다
소리가 소릴 잠재운다
소리가 소릴 유혹한다
소리가 소릴 불태운다
소리가 소릴 낳는다
소리가 소릴 뽑는다

소리가 소릴 키운다

소리가 소릴 지운다

소리가 소릴 꼬신다

소리가 소릴 씹는다

소리가 소릴 늘인다

소리가 소릴 때린다

소리가 소릴 살핀다

소리가 소릴 적신다

소리가 소릴 안는다

소리가 소릴 만든다

소리가 소릴 꿈꾼다

소리가 소릴 울린다

소리가 소릴 볶는다

소리가 소릴 먹는다

소리가 소릴 덮친다

소리가 소릴 탓한다

소리가 소릴 찾는다

소리가 소릴 잡는다

소리가 소릴 누른다

소리가 소릴 부른다

소리에 소릴 섞는다
소리가 소릴 낚는다
소리가 소릴 지른다
소리와 소리가 속삭인다
소리가 소리에 놀라한다
소리가 소리를 들쑤신다
소리가 소리를 겨냥한다
소리가 소리를 공격한다
소리가 소리를 체포한다

소리의 즐거운 비명!
소리(들)끼리의 (비)웃음
소리와 소리들의 연결
소리의 허연 눈 치뜨기
소리와 소리의 고성방가
소리의 높낮은 신음들
소리와 소리의 부스러기들
소리와 소리의 흔적들
소리가 소리의 주머닐 뒤진다
소리가 소리의 눈물을 켠다

소리가 소리에게 파묻힌다
소리가 소리에게 밥을 준다
소리가 소리의 넥타이를 맨다
소리가 소리의 볼에 키스한다
소리가 소리에게 안녕, 한다
소리가 소리에게 전화를 건다
소리가 메일을 확인했느냐고 묻는다
소리가 소리에게 소리를 보낸다
소리가 티브이 소릴 말없이 듣는다
소리는 소리들의 명함을 뒤져본다
소리가 소리들의 퇴근 뒤를 묻는다
소리는 그들의 자잘한 약속을 체크한다
소리는 퇴근하기 위해 구두를 닦는다
소리는 휘휘 휘파람 소리를 낸다
소리가 '소리 카페'를 찾는다
소리가 찾은 마담은 이쁘다
소리가 '카페 라테'를 은근히 건넨다
소리는 소리를 질러 딴 소리를 찾는다
소리와 소리가 지치는 늦녘,
소리가 서서히…… 이마를 짚는다

투명한 청각의 수정 기둥

이숭원(문학평론가, 서울여대 교수)

　　김강태의 시는 소리로 가득 차 있다. 시집의 서시에 해당하는 「지금 이곳에선」에서부터 "말소릴 조심하십시오"라고 소리에 대한 주의를 환기하고 있으며, 많은 작품에서 소리와 관련된 이미지나 서술을 빈번하게 드러냈고, 시집의 맨 끝 작품인 「소리가 소리에게」에 이르러서는 소리를 세계의 주인공으로 설정하여 헤아릴 수 없이 다양한 행동 양태를 펼쳐냈다.

　　소리가 출근 준비를 한다
　　소리는 소리를 불러 가방을 챙긴다
　　소리가 소리에게 잠시 안녕, 한다
　　소리는 엘리베이터 소리에 잠시 얼굴을 찡그린다

소리는 층단추를 누른다

소리는 소리를 빌려 차 문을 딴다

소리는 부웅, 하는 소리 귀에 잠시 귀를 댄다

소리는 부드러운 소리에 안전벨트를 맨다

소리가 천천히 소리를 죽인다

소리는 소리를 톡, 끈다

소리는 조용히 사무실로 향하는 층계를 밟는다

                                        —「소리가 소리에게」 중에서

　이 시에 등장하는 소리는 분명 시인 자신을 의미한다. 여기에
는 출근 준비를 하고 운전을 하여 직장에 도착하는 일상인의 모
습이 사실 그대로 제시되어 있다. 이 대목 다음에는 사람들이 행
하는 갖가지 행동을 소리를 주어로 하여 열거한다. "소리가 소릴
키운다 / 소리가 소릴 지운다 / 소리가 소릴 꼬신다" 등으로 이어
지는 시행이 무려 60행이 넘는다. 이외에 그의 시에 나오는 소리
와 관련된 표현을 눈에 띄는 대로 찾아보면 다음과 같다.

　"순간의 빛을 신음처럼 뿌려댄다"(「밤 빗소리, 잔디에 젖다」)
"소리의 혼이 종종 일어나고 있다"(「소리혼」) "너는 소리다 / 볼
수 있는 소리다"(「통」) "어둠 속 '코닭개나비'들의 파닥 파닥임
소리"(「코닭개 종이」) "섭씨 40도 나의 욕조에는 / 소리와 냄새의
자궁이 들어 있다"(「물 속 방귀」) "폭설의 전율이 이는, 이 기쁨이
여 / 깊은 음자리 몇 줄기여"(「겨울나무를 쓰다듬다」) "거대한 소
릴 몰고 오는 물안개 / 파장이 드리운 소리 조각도 품었다"(「적벽

강에서」)

　음악적 율동감을 추구하거나 음악에 깊은 관심을 보인 예도 없었던 그가 이렇게 소리에 집착한 이유는 무엇일까? 그것은 소리가 인간의 감각에 가장 민감하게 부딪쳐오는 대상이기 때문일 것이다. 시각에 전해지는 형상은 우리가 눈으로 그것을 관조할 뿐 그것이 우리의 신체에 직접 접촉하지는 않는다. 후각이나 미각은 청각보다 대상과의 접촉이 더 긴밀하기는 하지만 거기서 얻어지는 감각이 지속적이지 못하고 다양한 감각으로 분해되지도 못한다. 가령 후각은 어떤 냄새를 오래 맡으면 그 냄새에 마비가 되어 더이상 기능을 발휘하지 못하게 된다. 또 사람의 미각은 다양한 맛을 감지하는 것 같지만 사실은 쓴맛, 신맛, 짠맛, 단맛 등 네 가지 맛만을 감지할 따름이다. 시각의 경우는 눈을 감거나 고개를 돌려버리면 아무리 강렬한 시각적 대상이라 하더라도 우리에게 어떠한 감각인상도 전달하지 못한다. 여기에 비해 청각은 음파가 도달되는 거리 내에만 있으면 눈을 감고 있건 고개를 처박고 있긴 우리가 대상에 대해 관심을 갖지 않는다 하더라도 우리에게 뚜렷한 감각인상을 남긴다. 여기에 소리의 특이성이 있고 예민한 감각의 시인 김강태가 소리에 관심을 보인 이유가 있다.

　소리에도 혀가 있다
　소리에도 감촉이 있다
　하다 만 몸짓의 혼,
　소리의 잔흔일 게다
　때로는 그것이

114

징징징 우는 빛일 때가 있다
은밀 비밀
서로의 몸을 닦으며
울음 몰래 날던 소리혼
어둠의 등뼈를 갈라
비늘처럼 남몰래 튕겨나곤 한다

어느 달빛 사이
흰 가슴을 내보이는 어둠에
귀 기울여보라
소리의 혼이 종종 일어나고 있다
마치
흠집 난 빗방울만 등빛에 영롱하듯
내 귀의 달팽이관을 긁으며
소리가 총총총
발자욱을 끌고 간다

소리의,
소리혼의 끝은 천 길 어둠이다

—「소리혼」 전문

과연 소리에 혼이 있을까. 김강태 시인은 소리가 지닌 민감한
감각의 다발과 그것이 사그라질 때의 잔흔을 소리의 혼으로 보았
다. 때로 소리는 "징징징 우는 빛"으로 제법 선명하고 강도 높게

우리의 내면을 흔들기도 한다. 그런가 하면 은밀하게 서로의 몸을 탐지하듯 희미하고 모호한 기색으로 우리의 내면에 스며들 때도 있다. 그렇게 소리가 우리의 내면에 스며들도록 하기 위해서는 다른 음파의 방해를 받지 않는 고요한 공간이 필요하다. 어둠이 흰 가슴을 내보이는 교교한 달빛 공간 속에서 "소리의 혼이 종종 일어나고 있다"고 시인은 우리에게 말해주었다. 종종 일어난다면 그것은 그가 훤소(喧騷)의 자리를 떠나 자기만의 고요한 내면을 유지하는 경우가 꽤 많다는 사실을 암시한다. 김강태 시인은 도시 한복판에 살면서도 내면의 고요와 마음의 평정을 추구했고 그것을 통하여 소리의 혼에 도달하고자 했다. 그럼에도 불구하고 소리혼의 진정한 정체, 소리의 실체를 포착하지는 못했기에 "소리혼의 끝은 천 길 어둠이다"라고 마지막 행에 못 박았다. 우리는 은은히 들려오는 소리를 들을 수는 있지만 그 소리가 어떻게 발원하여 우리 귀에 들리는지, 거기 담긴 진정한 메시지는 무엇인지 알지 못한다. 어쩌면 자연의 소리는 신이 우리에게 전해주는 복음인지도 모른다.

맑은 겨울비 가늘게 그친 아침
조금 추워 떠는 은방울나무
순은도 떨림이 있을까
아슬히 가느단 물방울
금방 터질 듯한 물빛 동그라미,
신(神)은 '나무 물방울'에도
어느새 가지마다 앉아 계신 걸까

잎새에 달려
자잘히 망설이는 방울들
간밤 그곳에서
고단한 잿빛 틈을 열고 내린 그분의
야행 흔적을 보았네
비밀스런 떨림이 주는 이 기쁨
잔잔히 흔들리던 은분(銀粉)이
'가지 물방울'로 가늘게 맺히던 아침,
여린 빛이 은으로 총총히 내린
겨울 빈 나무 밑을 지나가다

　　　　　　　　　　　　　　—「은방울나무」 전문

　김강태 시인이 교회 집사였다는 사실을 빈소에 와서 비로소 알
았다는 사람이 많다. 그는 기독교를 통해 자신을 절제하고 내면
의 영토를 가다듬으려 했지 남의 행동을 규제하거나 남에게 자신
을 과시하는 수단으로 종교를 내세운 적이 없다. 그는 남보다 앞
서서 농담을 던지고 자유분방한 태도를 취함으로써 상대를 편하
게 하려고 했는데, 그 내면에는 철저한 자기 규제와 자기 단련의
과정이 있었다. 위의 시는 그의 종교적 헌신과 내적 추구가 어떠
한 위상에 놓여 있는지를 잘 보여주는 작품이다.

　그는 맑고 깨끗한 상태를 추구한다. 이 시는 겨울비가 가늘게
내리다 멎은 아침 추위에 떠는 은방울나무를 보여준다. 잎 떨어
진 겨울나무에 겨울비가 내렸다면 을씨년스런 풍경으로 보일 수
도 있을 터인데, 시인은 겨울의 풍경을 아주 따스한 시각으로 살

피고 있다. 겨울비를 '맑은' 것으로 보았고 맑은 물빛을 머금은 나무가 은방울처럼 빛난다고 생각했다. 이 순은으로 빛나는 아름다운 정경에 무슨 추위가 있고 걱정이 있을까. 그래서 시인은 "순은도 떨림이 있을까"라고 적었다. 금방 터질 듯한 물빛 동그라미가 나무와 가지에 송송 맺혀 있다. 나무에 물방울이 맺혀 있는 정경을 '나무 물방울'이라고 했고 은빛으로 빛나는 물방울이 가지에 어려 있는 것은 '가지 물방울'이라고 했다. 말하자면 가지와 나무 전체가 겨울비의 맑음과 동화되어 구분할 수 없는 상태로 응결된 것이다.

이러한 맑음의 동화를 가능하게 한 의지는 바로 '신의 은총'이다. 자연 만물을 조화롭게 유지하는 그분의 은총에 의해 시인은 아름다운 은빛 세상을 보며 기쁨과 충만을 느낀다. 그런데 우리의 삶 전체가 이러한 가슴 설렘으로 가득하며 조화로 충만해 있는가 하면, 그렇지는 않다. 우리가 신의 은총을 은빛 떨림으로 감지할 수 있는 시간은 맑은 겨울 아침 한때뿐이다. 아침이 오기 전 어둠의 시간 속에는 고통과 시련이 존재했을 것이다. 이것은 "고단한 잿빛 틈을 열고 내린 그분의 / 야행 흔적"이라는 표현에서 그 내용을 짐작할 수 있다. 그분의 야행이 없었다면 우리는 추위만으로 얼룩진 겨울의 살풍경을 대했을 것이다. 그러나 그분의 은밀한 야행의 은총이 있었기에 고단한 잿빛 세상이 은분(銀粉)의 정갈한 아침으로 탄생할 수 있었던 것이다. 이러한 신의 은혜를 잘 알고 있는 김강태 시인이기에 설사 그의 앞에 잿빛 어둠의 시간이 온다 하더라도 그 속에서 여린 빛의 은총을 찾아내는 지혜로운 자세를 유지할 수 있는 것이다. 그 지혜는 육신의 퇴락 속

118

에서도 신생의 호흡을 찾아내고 와병의 침상에서도 생명의 힘줄
을 찾아내는 신비로운 눈길로 전환된다.

> 침상에 눕는데
> 무언가 허연 게 떨어진다
> 귀를 간질이던 귀지
> 귀이개를 찾다가
> 손톱으로 긁어낸다
> 톡톡, 사악삭
> 이명처럼 아득한 속울음!
> 귓속을 한없이 파고든 듯,
> 어느새 가슴을 찌른다
> 그도 숨을 쉬는 걸까
> 그 동안 정체된 것들의
> 여린 호흡
> 귀지란
> 내 몸의 새살이다
> 여린 살을 송송 돋게 하는
> 그 무엇,
> 이 엄청난 밀어내기로
> 윤기 나는 귀지,
> 싱그러운 생명의 힘
>
> —「귀지를 훑리며 —병상일지」 전문

이 시에도 "톡톡, 사악삭 / 이명처럼 아득한 속울음!"이라는 청각 영상이 제시되어 있다. 투병 기간이 길지 않아서인지 그의 병상일지 시편은 많지 않다. 침상에 귀지가 떨어지자 손가락을 귀에 넣어 귀를 간질이는 귀지를 파낸다. 그런 작은 신체적 움직임을 나타내는 데에도 위에서 보는 것처럼 소리에 대한 표현이 꽤 강한 억양으로 묘사된다. 아득한 속울음이 귓속을 파고들어 가슴을 찌른다는 구절에는, 겉으로는 의연함을 드러내지만 몸 속으로 깊어져가는 병을 스스로 감당하지 못하는 인간의 연민 어린 아픔이 함축되어 있다. 그렇게 마음의 아픔을 느끼며 귀지를 걷어낼 때, 문득 귀지도 내 몸의 일부이고 내 몸에서 새롭게 돋아나는 살점이란 생각이 든다. 말하자면 육신이 병들어 죽음의 문턱으로 다가서고 있는데도 그 몸이 세포분열을 하여 계속해서 새살을 돋아나게 한다는 사실을 발견한 것이다. 내 몸에서 떨어진 "윤기 나는 귀지"는 "싱그러운 생명의 힘"이고 다시 나를 살게 하는 의지의 추동력이다. 가슴을 찌르는 통증에 의해 생명의 진실을 터득한 것이다. 그 생명 원리의 인식에 의해 가슴을 찌르는 통증이 치유된다.

이와 유사한 시상을 담은 시 「부스럼」은 상처에 딱지가 앉아 새살이 돋아나는 장면을 소재로 하였다. "딱지를 긁으면 / 표연히 / 일어서는" 새살은 시인의 상상력 속에 "팽, / 샘솟는 투명"으로 인식된다. 여기에도 '팽'이라는 청각 영상이 동원되고 있는데, 팽 하는 소리를 내며 샘솟는 투명한 새살은 죽음의 문턱에서 발견한 새로운 생명 인식임에 틀림없다. 「생기」라는 작품 역시 피부에 생채기를 만들면서도 은비늘처럼 쭈욱쭉 솟아나는 생명체의 생기를 표현하였다. 생기건 새살이건 죽음과 재생의 이중적

의미를 지닌다는 공통점이 있다. 그는 육신의 쇠락을 체험하는 가운데 동일한 비중으로 자기 영역을 확대해가는 생명의 신비로운 기운을 또하나의 놀라운 체험으로 받아들이고 있는 것이다. 이것은 삶과 죽음이라는 대립적인 관념을 모순이 아닌 상호공존의 관계로 받아들이는 새로운 차원의 전환적 시각이다. 이러한 관점은 딸애의 성장에서 이별의 가능성을 엿보던 이전의 시편에 이미 예고된 것이기도 하다.

출근 때 보름이랑은 입구에서 입을 맞춘다 그런데 아빠랑 뽀뽀할 때마다 제 등을 밖으로 초승달인 양 휘인다 일부러 폼 나게 입맞출라치면 그럴수록 더 구부리며 도톰해진 엉덩일 쭈욱 뺀다

아하, 눈치챘어 갑자기 가슴 커진 딸애가 아빠에게 안기니 가슴이 불편한 거야 넓은 가슴젖과 째깐 젖가슴이 맞부딪는 게 싫은 거야 지독히 겸연쩍은 게야 어쩐지 오늘 아침도 이마를 불쑥, 그렇지 얘가 히프도 커진 중2야, 중2! 덩달아 아빠도 오리 히프를 뒤로 빼게 됐다구

실은 그애가 내 품에서 서서히 떠나는 연습을 하는 거야 그 정점에서 꼬맹가슴이 봉긋해질수록 그만큼의 거리 벌리기, 안아주면 줄수록 어느새 이마께로 줄어드는 넓이 ― 보름아, 그런데 둥긋한 등뼈 안에 담은 건 무엇이니? 쬐그만 너의 가슴은 결코 닿을 수 없는 거리일까

―「것두 모르고, 차암! ― 중2 김보름」 전문

김강태 시인이 세상을 떠난 후 이 시를 읽으니 가슴이 아리고 눈시울이 뜨거워진다. 지금 대학교 1학년인 둘째딸 보름이가 중학교 2학년 때 쓴 작품이다. 이제 사춘기를 맞이해서 가슴이 봉긋해진 딸아이가 아빠와 입맞춤을 할 때 자기도 모르게 몸을 초승달처럼 휜다. 뒤로 몸을 빼는 것은 그애가 그만큼 성장했다는 뜻인데 거기에 대해 시인은 "그애가 내 품에서 서서히 떠나는 연습을 하는 거"라고 생각한다. 자식이 성장하면 부모의 곁을 떠나는 것은 모든 동물이 보여주는 일반적 현상이다. 딸의 가슴이 봉긋해질수록 그 거리만큼 아버지와 딸의 사이는 벌어지고, 그 벌어진 틈을 세월의 단층과 삶의 애증이 채운다. 그 간격이 벌어질 만큼 벌어졌다고 생각될 때 둘 중 한 사람은 지상에서 자취를 감추게 된다. 그렇기 때문에 사람이 성장한다는 것은 이별을 예비하고 연습하는 과정이라고 할 수 있다. 김강태 시인은 딸이 커가는 대견스러운 장면을 보며 딸이 떠나는 연습을 한다고 생각했다. 삶과 죽음을 동질적으로 받아들이는 그의 전환적 상상력은 딸의 성장이라는 긍정적 단면에서도 이별의 연습이라는 인간의 숙명을 떠올리게 하였다.

그런데 이러한 새로운 차원의 인식에는 딸에 대한 사랑, 가족에 대한 사랑이 깃들여 있다. 사랑이 결여된 자리라면 딸애의 봉긋한 가슴에서 이별이라는 인간사가 떠오르지 않았을 것이다. 사랑이란 말이 지닌 가장 순수한 의미에서 진정으로 사랑하는 아버지의 자리이기에 성장하는 딸의 모습에서 먼 훗날 이별하게 될 두 사람의 관계가 떠올랐을 것이다. 가족에 관한 한 영원한 사랑이란 있을 수 없다. 가족의 사랑이야말로 가장 현실적인 토대 위에 구축된 합리적인 사랑의 성곽이기 때문이다. 시인은 어머니를 회상하며 잊을 수 없는 사랑의 뼈마디를 떠올린다.

　이거, 너 글 쓴 거 아녀어 왜 버리냐아

　달의 꼬리만 혼미한 월미도를 돌아 혼잣방에 오면, 부여에서 백제 땅을 이고 오신 엄니는 방구석의 휴지를 하나하나 다림질하고 계셨다 내 글씨가 있는 종이면 어두운 눈으로 사뭇 곱게 구김을 펴서는 따스히 다림질하셨다 매달 엄니는 다녀가셨고 그때마다 나의 서랍에는 반듯한 원고지가 채곡채곡 쌓여 있었다

　등단 기념 축하연에 참석하려던 그날 저녁 여섯시, 엄니는 '뇌졸중'이라는 아름다운 이름으로 쓰러지셨다…… 그제서야 나는 알았다 오실 때마다 엄니는 풋풋한 백제어로 못난 아들의 여린 詩의 주름을 펴주신 것임을

　엄니의 휘인 뼈마디 꺼끌한 주름 겹겹을 내가 다림질할 수 없을까 부여로 갈 때마다 나는 설움에 받쳐 점점 가늘어지는 엄니의 다리와 손목을 손으로 쓸어드렸다 그러나 나의 다림질은 소용없었다 무서우리만치 엄니의 팔다리는 '월미'의 달빛처럼 꼬이며 사그라져갔다 지난 십 년 동안 사시려는 몸짓이 처절했지마는

　……지금 엄니는 흙으로 누워 계신다

오늘도 나는 다림질을 한다 원통히 흙이 되신 당신의 굽은 마디
마디 뼈가 흙 속에서라도 곧게 펴질 때까지

　　　　　　　　　　　—「다림질을 하며 — 대학 시절」 전문

　김강태 시인의 가족사에 대해 잘 알지는 못하지만 몇 편 시작
품의 내용에서 짐작해보면, 시인은 충남 부여에서 출생해 인천으
로 이주하여 수인역전에서 그의 모친이 우동장사를 하며 생계를
유지하였다. 어떤 이유에서인지는 모르겠으나 부친은 속초에 거
주했으며, 부친에게서 편지가 올 때마다 어머니를 비롯해 온 가
족이 울음을 토해냈다. 시인은 성장한 다음에도 계속 인천에 거
주했지만 모친은 부여로 낙향하여 가끔 아들을 보러 올라온 모양
이다. 위의 시는 그때의 일을 다룬 것이다. 시를 쓰는 아들은 쓰
다 버린 파지를 많이 남겼고, 사정을 모르는 모친은 아들의 필적
이 담긴 것이면 모두 다림질을 하여 구김을 펴주었다. 어쩌면 이
것은 가난과 눈물로 이어진 가족사의 굴곡 속에서도 글을 써서
세상을 살아가겠다는 뜻을 세운 아들에 대한 어머니의 회한과 신
뢰가 담긴 행동이었을 것이다. 김강태 시인의 반듯한 모습도 이
러한 어머니의 자애로움에서 형성되었을지 모른다. 사람이 어떤
일에 성공하고 뜻을 이루는 것이 자신의 능력에 의해서만 되는
것 같지만 사실은 이런 정성을 담은 이들의 보이지 않는 음덕이
작용한다는 것을 알아둘 필요가 있다.

　그렇게 아들의 글을 중히 여기던 어머니가 아들이 정식으로 문
단에 등단했을 때 뇌졸중으로 쓰러져 눕게 된다. 이제는 아들이
병석에 누운 어머니의 손과 발을, "휘인 뼈마디 꺼끌한 주름 겹겹

을" 다림질하여 구김을 펴드려야 할 위치에 놓인 것이다. 그러나 아들의 정성에도 불구하고 모친은 십 년의 투병 끝에 세상을 떠났다. 아들의 파지를 다림질한 것이 아들을 좋은 환경에서 키우지 못한 어머니의 회한이 담긴 것이었듯, 아들은 어머니의 사랑에 대한 회한의 심정으로 흙 속에 묻힌 어머니의 굽은 뼈마디를 펴는 다림질을 계속한다. 그 다림질을 끝내고 세상을 떠났으니, 다림질이 필요 없는 저 세상에서 그리운 모친을 다시 만날 수 있었을 것이다.

하필이면 여름날 심한 독감에 걸린 여자
베갯잇에 콧물 흘리며 자고 있어
혀 끌끌 차며 촘촘 끈끈이 닦아주었네
한낮 아까까지도 괜찮던 여자
금세 언제 와요, 전화 끓는 목소릴 깔던 여자
황급히 돌아오니
저거 봐 코, 마알간 콧물이 찐덕 새어나왔네
지금은 한밤중, 며칠 전 입 맞출 땐 달았는데
오늘밤은 왠지 여자에게서 쉰내만 나네
콧물도 끓듯이 들락날락, 안 곯던 코도 들들,
남자는 여자를 밀며 구시렁, 돌아누웠네
얼핏 한숨 잤다 싶었는데
휴지 좀 줘요, 여자의 낮은 끓음 소리
끙, 약간 불편한 기색으로 일어난 남자,
두루마릴 던지곤 킹킹대다가 비로소 여자를 본다

그새 잠에 깊이 빠진 그녀의 볼 밑으로
그런데 마알간 은하(銀河)의 물 같은 거,
놀란 남자는 여자 머리맡서 휴지를 가만 뜯는다
서너 겹으로 접어 여남은 개쯤 만들고
너덧 개를 더해 머리맡에 채곡채곡
그래, 지금까지 한 번도 아파보지 않던 그녀
아니, 한 번도 아프지 않아도 되던 여자
저 콧물, 한 번 더 닦아줄까 소리없이 마알간—
별안간 여자 머리 위서 들척이는 허연 나비들
어둠 속 '코닦개나비'들의 파닥 파닥임 소리

　　　　　　　　　　　　—「코닦개 종이」 전문

　그의 가족에 대한 사랑은 앞에서 본「것두 모르고, 차암!」이나
「다림질을 하며」 외에도「비눗방울 가족」을 비롯한 여러 편의 작
품에서 뚜렷한 윤곽을 드러낸다.「코닦개 종이」는 부부간의 사랑
을 은근하면서도 재미있게 표현한 작품이다. 조금 전까지도 멀쩡
하던 부인이 퇴근하고 돌아와보니 여름감기에 걸려 콧물을 비 오
듯 흘린다. 옆에 누우니 무언가 냄새도 나는 것 같고 콧물이 들락
거리며 호흡을 막아 코 고는 소리까지 낸다. 청각에 예민한 시인
이 잠을 이루지 못하고 뒤척일 때 휴지 좀 달라는 부인의 희미한
소리가 들린다. 귀찮은 마음으로 두루마리 휴지를 들고 부인을
보았을 때 그녀의 볼 밑으로 "마알간 은하(銀河)의 물 같은 거"를
발견한다. 지저분해 보이고 귀찮게 여겨지던 부인의 콧물이 맑은
은하임을 발견할 때 진정한 사랑이 시작된다. 남편은 휴지를 가

만히 뜯어서 단정하게 서너 겹으로 접어 여남은 개에 너덧 개를 더해 머리맡에 차곡차곡 얹어놓는다. 그는 접어놓은 휴지를 부인의 머리 위에서 팔락이는 하얀 나비로 환상한다. 그 나비에 시인의 사랑이 담겨 있다. 그는 "어둠 속 '코딱개나비' 들의 파닥 파닥임 소리"를 들으며 잠이 든다.

　그는 세상을 떠났지만 어둠 속에서 하얗게 파닥이던 나비들의 사랑의 소리를 가족들은 지금도 듣고 있을 것이다. 가족들만이 아니라 그의 시를 읽는 우리 모두가 사랑의 파닥임 소리를 듣는다. 소리는 형태가 없다. 아무것도 보이지 않으나 소리로써 우리 귀에 감지된다. 투명한 청각의 상상력에 기대어 그는 우리가 미처 보지 못한 많은 것들을 이야기해주고 보여주었다. 그것을 통해 그가 일으켜세운 것은 화려한 보석 옥탑이 아니라 은은하게 빛나는 수정 기둥이다. 정결하고 깔끔한 그의 성품이 수정 기둥에 그대로 반영되어 있다. 그것은 "수련 밑 고요한 물"(「지금 이곳에선」)의 이미지이고, "금방 터질 듯한 물빛 동그라미"(「은방울나무」)의 형상이다. 그 수정 기둥의 단면을 조금 보여주며 "지금 여기서부터는/말소릴 조심하십시오"라고 그가 말했다. 이제 우리가 할 일은 청각으로 쌓아올린 투명한 수정 기둥의 아름다움을 조용히 음미하는 일이다. 그외에 무슨 췌사(贅辭)가 필요하겠는가.

문학동네 시집 73
빈 나무 밑을 지나가다
ⓒ 김강태 2003

초판인쇄 | 2003년 11월 14일
초판발행 | 2003년 11월 20일

지 은 이 | 김강태
책임편집 | 차창룡 조연주 이상술
펴 낸 이 | 강병선
펴 낸 곳 | (주)문학동네
출판등록 | 1993년 10월 22일 제22-188호

주   소 | 136-034 서울시 성북구 동소문동4가 260번지 동소문빌딩 6층
전자우편 | editor@munhak.com
전화번호 | 927-6790~5, 927-6751~2
팩   스 | 927-6753

ISBN 89-8281-765-4 02810
www.munhak.com